강물은 색상을 지났다

초판 1쇄 인쇄일 2015년 4월 21일
초판 1쇄 발행일 2015년 5월 02일

지은이 김진석
펴낸이 양옥매
디자인 송다희
교 정 조준경

펴낸곳 도서출판 책과나무
출판등록 제 2012-000376
주소 서울특별시 마포구 월드컵북로 44길 37 천지빌딩 3층
대표전화 02.372.1537 팩스 02.372.1538
이메일 booknamu2007@naver.com
홈페이지 www.booknamu.com
ISBN 979-11-5776-036-7 (03810)

이 도서의 국립중앙도서관 출판시도서목록(CIP)은 서지정보유통지원 시스템
홈페이지(http://seoji.nl.go.kr)와 국가자료공동목록시0스템
(http://www.nl.go.kr/kolisnet)에서 이용하실 수 있습니다.
(CIP제어번호 : CIPP2015012013)

강물은
색상을
지났다

김진석 지음

책과나무

prologue

학교 다닐 때에 시에 대해 깨닫게 되었습니다. 자신의 생각을 감각적으로 표현하고, 자신의 경험이나 삶의 지혜를 짧은 글을 통해 표현하는 것이 시라고 생각합니다.

바쁜 현대 생활 속에서 문화생활, 스포츠, 등산 등 여러 가지 활동을 하여도 마음속엔 무언가 허전한 것 같은 느낌이 들곤 합니다. 그 허전함을 마음의 양식인 시가 풀어줄 수 있을 것 같습니다.

시는 마음을 여유 있고 풍요롭게 해줄 수 있습니다.

저의 생각과 경험 그리고 지혜를 직·간접적으로 표현했습니다.

이 시들을 읽으시고 마음을 살찌우고 배불릴 수 있었으면 좋겠습니다.

차 례

part 1 강물은 색상을 지났다

part 2 헤어질 찰나

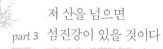

저 산을 넘으면
part 3 섬진강이 있을 것이다

part 1

강물은 색상을 지났다

S

S를 생각하다 잠이 들었다.

그런데

꿈속에서도 S를 생각하다

S 꿈을 꾸었다.

바다의 심장

백사장이 아주 넓게 펼쳐진 바닷가에 갔다.

거기엔 갈매기들이 날아다니고,

물결이 반짝이고 있었다.

그런데 문득 궁금한 것이 하나 떠올랐다.

'저 넓은 바다는 심장이 어디에 있을까'

하지만 바다는 아무런 대답없이 파도만 치고 있었다.

그러나 난 언제나 바다의 심장과 호흡하고 있었다.

파도와 함께.

바다의 심장은 아주 넓게 해안가에 펼쳐져 있었다.

내려가는 기분으로 사는 인생

나이가 들어감에 따라 학교에 다니거나
사회생활을 할 때에 올라가겠다는 생각을 하곤 했다.
하지만 강물이 바다로 흘러가듯이 내려가는 기분으로
사는 것도 괜찮을 것 같다는 생각이 들었다.
그래서 산에 등산을 하며 올라가듯 올라가는 기분을
느껴보고, 강물을 타고 내려가듯 내려가는 기분을 느
껴보자.
그리고 무언가를 살 때에 용돈 주는 기분을 느껴보자.
그리고 어딘가에 누워 있을 때에 바닷물에 떠있는 기
분을 느껴보거나, 구름 위에 떠있는 기분을 느껴보는
것도 괜찮을 것 같다는 생각이 들었다.

사랑의 선율

그대와 함께
손을 잡고 거닐던 거리

따뜻한 커피를 마시며
즐거운 시간을 보낸 카페

팝콘을 먹으며
함께 보았던 영화

사랑의 색깔을
더해준 감미로운 음악

서로에게 귓속으로
사랑을 속삭이던 말들

만날 때도 생각나고

헤어져도 생각나게 하는 그리움

우리의 몸을

포근하게 해준 햇살

이들이 하나의 음계가 되어

아름다운 사랑의 선율이 울려 퍼지네

캐던 가의 종소리

저녁이 되면 어김없이 울리는
캐던 가의 종소리.

종소리의 파장이
가슴 속에서 메아리치며
푸른 마음의 영혼을 울린다.

해가 지고 달이 뜨는 신호를
자신의 몸의 진동을 통해 세상에 보낸다.

소리의 파장이 가슴 속의 파장으로 전이되고,
가슴 속의 파장은 또다시 기억 속의 파장으로
남게 되어 마음의 영혼을 울린다.

더 맑은 소리를 울리기 위해
아픔을 즐기는 심금의 종.
더 고운 소리를 울리기 위해
고통을 즐기는 심금의 종.

캐던 가의 종소리.
동네 아이들의 꿈을 울리고,
날아가는 새의 가슴을 울린다.

을지문덕과 율곡 이이의 만찬

을지문덕과 율곡 이이가 만찬을 마친 후
서로에게 선물을 전달했다.
을지문덕은 율곡 이이에게
비누세트를 전달했고,
율곡 이이는 을지문덕에게
참치세트를 전달했다.
서로 감사의 인사로 악수를 하고 난 후,
성춘향의 안내와 함께 문 밖으로 나갔다.
문 밖으로 나가니 화창하게 해가 떠있고,
정원에는 꽃들이 만개해 있었다.
성춘향이 기념사진을 찍자고 제안하자
을지문덕과 율곡 이이는 흔쾌히 승낙하였다.
그들은 동행자들과 함께 분수대가 콸콸 솟아오르는
전망 좋은 경치 아래에서 기념사진을 찍었다.
그렇게 을지문덕과 율곡 이이의 만찬은
화기애애한 분위기 속에서 끝이 났다.

노래하는 대평원

드넓은 벌판 대평원에 수많은 동물들이 모였다.
그날은 차가라 동물밴드의 야외공연이 있었다.
사자 떼, 코끼리 떼, 코뿔소 떼, 물소 떼, 하이에나 떼,
사슴 떼 등 모든 동물들이 환호하며 그들을 반겼다.
침팬지 사회자의 멘트와 함께 시작을 알리는 불꽃이
터지고, 차가라 동물밴드의 야외공연은 그렇게 시작
되었다.

차가라 동물밴드의 리드보컬은 파랑새였다.
캥거루가 기타를 치고, 기린은 드럼을 치고,
코끼리는 트럼펫을 불었다.
음식도 가득 술도 가득 모두가 먹고 마시고
즐기며 구경하던 동물들도 모두 함께 춤을 추었다.
그렇게 차가라 동물밴드의 야외공연은 밤늦도록 끝
날 줄을 몰랐다.

파리에 나타난 스핑크스

만일 프랑스 파리에 스핑크스가 있고,
이집트에 에펠탑이 서있다면
이 또한 즐겁지 아니한가.

그리고 아프리카에 자유의 여신상이 있고,
미국에 아프리카의 초원이 있다면

만일 독일에 나이아가라 폭포가 흐르고,
캐나다에 독일의 뤼베크 한자도시가 있다면

그리고 중국에 아르헨티나의 이구아수 국립공원이 있고,
아르헨티나에 중국의 만리장성이 있다면

만일 영국에 인도의 아그라 요새가 있고,
인도에 영국의 템스 강이 흐른다면

그리고 브라질에 불가리아의 피린 국립공원이 있고,
불가리아에 브라질의 아마존 강이 흐른다면

만일 호주에 터키의 트로이 고고유적지가 있고,
터키에 호주의 오페라하우스가 있다면

그리고 스페인에 티베트의 인더스 강이 흐르고,
티베트에 스페인의 엘체시의 야자수림 경관이 있다면

만일 한국에 일본의 호류 사가 있고,
일본에 한국의 불국사가 있다면

이들 또한 즐겁지 아니한가.

H라인 악보

부드러운 음악 선율을
울리는 악보.

가끔은 높은 음표와 함께하고,
가끔은 낮은 음표와 함께하는
오선의 음악 창조선.

흥겨운 음악 선율을
울리는 악보.

박자와 리듬에 따라
가끔은 흰색 콩나물 머리를 포용하고,
가끔은 검은색 콩나물 머리를 포용한다.

감성적인 음악 선율을
울리는 악보.

빠른 템포의 음악에서는

많은 콩나물 머리를 포용하고,

느린 템포의 음악에서는

적은 콩나물 머리를 포용한다.

오선의 음악 창조선 악보.

라인은 H라인이다.

소금과 설탕의 만남

소금과 설탕의 만남은
간장과 고추장의 만남이 되었고,

간장과 고추장의 만남은
스테이크와 보리밥의 만남이 되었다.

스테이크와 보리밥의 만남은
한복과 양복의 만남이 되었고,

한복과 양복의 만남은
축구장에서 이루어졌다.

자음과 모음이 모여서 한글이 되었다.

그리고 알파벳이 모여서 영어가 되었다.

한글과 영어의 만남으로

지폐와 달러의 교환이 되었고,

지폐와 달러의 교환은

트럭과 스포츠카의 만남이 되었다.

트럭과 스포츠카의 만남은

John 부장과 김 부장의 만남으로 이루어졌다.

푸른 정원

여름이 되면 바람이 분다.
솔 향기 나는 푸른 정원에.

무화과나무, 매화나무, 대추나무 등 나무들은
바람과 함께 춤을 춘다.

무화과나무는 섹시댄스를 추고,
매화나무는 탱고를 춘다.

무더운 여름날에 푸른 정원에서
나무들이 즐겁게 춤을 춘다.

겨울이 되면 눈이 내린다.
겨울 향기 나는 푸른 정원에.

산세베리아, 수선화, 동백꽃 등
모두가 눈을 반긴다.

산세베리아도 눈을 사랑했고,
동백꽃도 눈을 좋아했다.

눈이 내린 푸른 정원이
온통 하얗게 변했다.

강물은 색상을 지났다

강물이 흘러감에 있어 중요한 것은
색상을 지나는 것이 었다.

강물이 빨간색 코스를 지났다.
빨간색 코스엔 앵두나무가 있었다.

앵두나무를 지난 후에 강물이
주황색 코스를 지났다.
주황색 코스엔 오렌지나무가 있었다.

오렌지나무를 지난 후에 강물이
노란색 코스를 지났다.
노란색 코스엔 유채꽃이 있었다.

유채꽃을 지난 후에 강물이
초록색 코스를 지났다.
초록색 코스엔 매실나무가 있었다.

매실나무를 지난 후에 강물이
파란색 코스를 지났다.
파란색 코스엔 블루베리나무가 있었다.

블루베리나무를 지난 후에 강물이
남색 코스를 지났다.
남색 코스엔 포도나무가 있었다.

포도나무를 지난 후에 강물이
보라색 코스를 지났다.
보라색 코스엔 나팔꽃이 있었다.

강물이 나팔꽃을 지났다.

그렇게 강물은 색상을 지났다.

사랑의 부속품

자동차의 핸들은
사랑의 핸들 역할을 합니다.

자동차의 엔진은
사랑의 엔진 역할을 합니다.

자동차의 에어컨은
사랑의 에어컨 역할을 합니다.

자동차의 시트는
사랑의 시트 역할을 합니다.

이렇게 자동차의 부속품은
사랑의 부속품 역할을 합니다.

컴퓨터의 모니터는

사랑의 모니터 역할을 합니다.

컴퓨터의 본체는

사랑의 본체 역할을 합니다.

컴퓨터의 자판은

사랑의 자판 역할을 합니다.

컴퓨터의 하드디스크는

사랑의 하드디스크 역할을 합니다.

이렇게 컴퓨터의 부속품은

사랑의 부속품 역할을 합니다.

계절의 색채

지구가 가을의 선상을 지나면서
계절의 색채가 나타나기 시작합니다.

배나무에는 연갈색 배가 열리고,
은행나무는 노란색으로 물듭니다.
산에는 단풍나무들이 울긋불긋하게 물듭니다.

그리고 지구가 가을의 선상을 지나
겨울의 선상을 지나게 되면,

하늘에선 흰색 눈이 내리고,
귤나무에는 노란색 귤이 열립니다.
그리고 갈색 군밤과 군고구마가 나옵니다.

지구가 겨울의 선상을 지나
봄의 선상을 지나면서부터
색깔이 다양해집니다.

하얀 목련꽃과 진홍색 진달래꽃이 피고,
검은색 제비들이 날아와 둥지를 짓습니다.
농장에는 빨간 딸기가 주렁주렁 열립니다.

그리고 지구가 봄의 선상을 지나
여름의 선상을 지나게 되면,

파란색 바다 물결이 넘실넘실 춤추고,
연못에는 연분홍빛 연꽃이 활짝 핍니다.
그리고 시골의 과수원에는
붉은색 복숭아가 열립니다.

그는 선처를 바라지 않았다

그는 무언가를 안다고 말하지 않았다.

그리고

그에게 나쁘다는 말은 들리지 않았다.

그래서

그는 밀려오는 파도에 서핑을 즐겼다.

그는 거리에서 즉석무대를 펼쳤다.

그리고

그는 어딘가에서 사랑을 나누었다.

그러나

그는 선처를 바라지 않았다

책장의 책들은 웃지 않았다

책장에 책들이 가득 쌓여 있었다.

그 중에

책 한 권이 빠져 나갔다.

그러나

책장의 책들은 웃지 않았다.

책장에 책들이 조금 쌓여 있었다.

잠시 후

새로운 책 한 권이 들어왔다.

하지만

책장의 책들은 웃지 않았다.

S 계장

S 계장은
I 계장보다 직책이 높지만,
G 계장보다 직책이 낮습니다.

또한, S 계장은
S 대리보다 직책이 높지만,
S 과장보다 직책이 낮습니다.

S 과장은
J 과장보다 직책이 높지만,
E 과장보다 직책이 낮습니다.

또한, S 과장은
S 계장보다 직책이 높지만,
S 차장보다 직책이 낮습니다.

김 차장은

유 차장보다 직책이 높지만,

최 차장보다 직책이 낮습니다.

또한, 김 차장은

김 과장보다 직책이 높지만,

김 부장보다 직책이 낮습니다.

박 부장은

서 부장보다 직책이 높지만,

남궁 부장보다 직책이 낮습니다.

또한, 박 부장은

박 차장보다 직책이 높지만,

박 이사보다 직책이 낮습니다.

도자기

흙에다 물을 부어
도자기가 잘 만들어지도록
차지게 반죽한다.

회전판에 찰흙을 꽂아
찰싹찰싹 몇 번 두드린다.

회전판을 회전시키고,
찰흙을 두 손으로 비벼
윤곽을 잡는다.

찰흙 중앙에 깊숙이
손을 넣어 구멍을 판다.
그러면서 동시에 윤곽을 잡는다.

윤곽이 나오면 두 손으로
찰흙을 부드럽게 비벼
도자기를 다듬는다.

도자기가 만들어지면 붓으로
사군자 중 난초를 그린다.
그다음 그늘에 건조시킨다.

그리고 높은 온도에서 오랜 시간 동안
초벌 굽는다.

유약을 입힌 후
더 높은 온도에서 오랜 시간 동안
재벌 굽는다.

그러면 난초가 그려진 예쁜 도자기가
만들어진다.

part 2

헤어질 찰나

바람과 함께 길을 걷다

바람과 함께
걸었던 그 길.

그곳엔
대나무 숲이 있었고,
고동색 벤치가 있었다.

분홍색 종달새가
지저귀고 있었고,
하늘색 바람이
한가롭게 불고 있었다.

떨어진 대나무 잎을 밟으며
걸었던 그 길.
그곳엔 사랑이 있었다.

창의는 마치 사랑 같아서

창의는 마치 사랑 같아서
창의는 항상 사랑을 배려합니다.

그리고 창의는 마치 사랑 같아서
창의는 항상 사랑을 포용합니다.

그리고 창의는 마치 사랑 같아서
창의는 항상 사랑을 지지합니다.

그리고 창의는 마치 사랑 같아서
창의는 항상 사랑을 시샘합니다.

마지막으로 창의는 마치 사랑 같아서
창의는 항상 사랑을 사랑합니다.

사랑의 협주곡

악기 나라에서 퀴즈 대회가 열렸다.
예선 진출자로 바이올린과 첼로,
플루트, 클라리넷, 베이스가 올라왔다.

그들의 직업은 바이올린은 자영업자,
첼로는 요리사, 플루트는 사회복지사,
클라리넷은 경영학과 대학생,
베이스는 고등학생이었다.

퀴즈 대회는 피아노의 사회로 진행되었다.
시작을 알리는 벨이 울리자 주위에 있던
관중들은 모두 환호하였다.

예선전은 시사상식문제로 한 문제당 100점이었다.
예선문제들은 의외로 알쏭달쏭하였다.

참가자들의 각축전 끝에

600점을 받은 첼로와 500점을 받은 플루트가

결승전에 올라갔다.

그보다 낮은 점수를 받은 바이올린, 클라리넷,

베이스는 아쉬운 작별인사와 함께 돌아갔다.

아쉬움을 뒤로한 채

피아노 사회자는 기다리던 결승전을 시작하였다.

예선전부터 플루트의 기세는 대단하였다.

하지만 첼로의 기세도 만만치 않았다.

결승전은 박진감 넘치고, 긴장감이 있어서

관중들은 손에 땀을 쥐고 응원하였다.

진행도중 갑자기 어떤 관객이

"첼로, 나가라" 라고 말하였다.

그러자 주위에서는 웅성웅성하는 소리가 들렸다.

당황한 피아노 사회자는

잠시 진행을 멈추고 관중들을 진정시켰다.

사회자는 흥분한 마음을 가다듬고

진행을 다시 시작하였다.

결승전은 첼로와 플루트의 접전 끝에

결국 첼로가 우승하였다.

사회자의 박수와 관중들의 함성 속에

퀴즈대회는 막을 내렸다.

훈카이 주오르

역사 속의 인물
훈카이 주오르.

나라를 위해 싸우고,
나라를 위해 헌신하였다.

한글 창제, 거북선 제조
동의보감, 목민심서
대동여지도, 팔만대장경 등.

혼신을 다해
심혈을 기울여
한 자 한 자에 공을 들였다.

바람을 따라
구름을 따라
태양의 정기를 받아
나라를 위해 힘썼다.

검정색 한복을 입은 그의 기품은
주위를 스산하게 만든다.

고스란히 남아있는 그의 모습은
조금의 흔들림이 없었고,
고풍스런 그의 자태는
역사 속에 오랫동안 남을 것이다.

헤어질 찰나

만나는 찰나에 많은
생각이 떠올랐습니다.

반가움, 기쁨 등등.

헤어질 찰나에 많은
생각이 떠올랐습니다.

아쉬움, 슬픔 등등.

손을 잡는 찰나에 많은
생각이 떠올랐습니다.

따스함, 포근함 등등.

마주치는 찰나에 많은
생각이 떠올랐습니다.

기쁨, 반가움 등등.

바람 부는 찰나에 많은
생각이 떠올랐습니다.

시원함, 상쾌함 등등.

비가 오는 찰나에 많은
생각이 떠올랐습니다.

놀라움, 시원함 등등.

헤어질 찰나에 많은
생각이 떠올랐습니다.

참나무

참나무가 자라서
각자의 길로 갈 때가 되었다.

희생정신이 강한 참나무는
휴지가 되었고,

정보가 많은 나무는
신문이 되었다.

그리고 소리가 좋은 나무는
악기가 되었고,

세련된 참나무는
가구가 되었다.

그리고 그 중에서 가장 인기가 많은 나무는
돈이 되었다.

지금까지 나왔던 그 무엇보다

지금까지 나왔던 좋은 시보다
앞으로 나와야 할 시가 더 많지 않을까

지금까지 나왔던 주옥같은 음악보다
앞으로 나와야 할 음악이 더 많지 않을까

지금까지 나왔던 인기 있는 뮤지컬보다
앞으로 나와야 할 뮤지컬이 더 많지 않을까

지금까지 나왔던 감동적인 영화보다
앞으로 나와야 할 영화가 더 많지 않을까

지금까지 나왔던 멋진 영웅보다
앞으로 나와야 할 영웅이 더 많지 않을까

밤하늘의 별들은 항상 웃습니다

밤하늘의 별들이 수다를 떨고 있었습니다.
그런데 갑자기 옆에서 별똥별이 지나갔습니다.
그러자 밤하늘의 별들은 서로 바라보며
미소를 지었습니다.

밤하늘의 별들이 식사를 하고 있었습니다.
잠시 후 새로운 별 하나가 들어왔습니다.
그래서 밤하늘의 별들은 기뻐하며
모두 웃었습니다.

서로 배웁니다

빨간색은 노란색과 파란색에게 배웁니다.

주황색은 빨간색과 노란색에게 배웁니다.

노란색은 빨간색과 파란색에게 배웁니다.

초록색은 노란색과 파란색에게 배웁니다.

파란색은 빨간색과 노란색에게 배웁니다.

남색은 빨간색과 노란색과 파란색에게 배웁니다.

보라색은 빨간색과 파란색에게 배웁니다.

당근을 씻을 땐 어떻게 씻으면 좋을까요?

당근을 씻을 땐 무엇으로 씻으면 좋을까요?

수세미로 씻으면 좋을까요?

손으로 씻으면 좋을까요?

당근을 씻을 땐 얼마 동안 씻는 것이 좋을까요?

짧은 시간 동안 씻는 것이 좋을까요?

긴 시간 동안 씻는 것이 좋을까요?

당근을 씻을 땐 어떤 물에 씻는 것이 좋을까요?

흐르는 물에 씻는 것이 좋을까요?

고인 물에 씻는 것이 좋을까요?

당근을 씻을 땐 어떻게 문지르는 게 좋을까요?

빡빡 문지르는 게 좋을까요?

뽀드득 문지르는 게 좋을까요?

당근을 씻은 후 씻은 당근은 어디에 담으면 좋을까요?

소쿠리에 담는 것이 좋을까요?

바구니에 담는 것이 좋을까요?

당근을 씻을 땐 어떻게 씻으면 잘 씻었다고 할 수 있을
까요?

수지성의 온도

눈부시는 태양아래 별 하나가 있었다.

그 별에는 큰 바다와 큰 대륙이 있었다.

큰 바다에는 파도, 해일, 상어가 있었고,

큰 대륙에는 강, 폭포, 호랑이가 있었다.

차갑고도 따뜻한 별, 그 이름은 수지성이었다.

수지성은 태양 주변을 공중 길로 돌았다.

거기에는 비, 눈, 태풍이 있었고,

노을, 안개, 황사도 있었다.

그리고 천둥, 번개, 우박도 있었다.

돌고 도는 수지성의 온도는 20도였다.

축제

2002년 6월 어느 날 광주월드컵경기장에서는
한국과 스페인의 월드컵 8강전이 열렸다.
수백만의 사람들이 광화문 거리로 모여들었고,
가수들의 열띤 응원으로 경기전 열기는 점점 고조되었다.
경기 시간이 다가오자 선수들의 굳은 의지를 엿볼 수 있었고,
관중들은 열렬히 응원하여 긴장감은 더욱더 커져갔다.
경기 시작 휘슬이 울리고,
경기가 시작되자 모두가 환호하며 함성을 외쳤다.
수백만의 사람들이 모인 광화문 거리엔 응원단, 안전요원,
촬영기자 등 다양한 사람들이 모였다.
각자 준비한 응원도구를 가지고 모두들 힘차게 응원하였다.
관중들의 열띤 응원 속에 선수들은 전·후반 치열한 승부
를 펼쳤지만 득점 없이 0:0으로 비겨 승부차기로 넘어갔다.
경기장엔 긴장감이 감돌았고, 모두들 숨죽여 지켜봤다.
선수들은 한 번씩 번갈아 가며 공을 찼다. 손에 땀을 쥐게
하는 접전 끝에 결국 한국이 승리하여 4강에 진출하였다.

흙에서 나온 마늘

흙에서 나온 양파는
나무줄기에서 나온 오이보다 값집니다.

그리고
흙에서 나온 마늘은
나무줄기에서 나온 가지보다 값집니다.

그리고
흙에서 나온 감자는
나무줄기에서 나온 피망보다 값집니다.

또한,
흙에서 나온 당근은
나무줄기에서 나온 참외보다 값집니다.

그리고

흙에서 나온 상추는

나무줄기에서 나온 호박보다 값집니다.

그리고

흙에서 나온 배추는

나무줄기에서 나온 밤보다 값집니다.

상처를 벗고 사랑을 입다

눈물을 흘린 후 눈물을 닦는다.
비를 맞으며 길을 걷는다.
꽃이 활짝 핀 정원이 방긋 웃는다.
상처를 벗고 사랑을 입는다.

사막에서 오아시스를 찾는다.
갯벌에서 게와 조개를 잡는다.
시원한 파도를 타며 서핑을 즐긴다.
상처를 벗고 사랑을 입는다.

낚시를 해서 매운탕을 끓여 먹는다.
산수유나무에 홍색 열매가 열린다.
단풍이 곱게 물든 숲속 길을 걷는다.
상처를 벗고 사랑을 입는다.

소복이 눈이 내린 산을 천천히 오른다.

물결이 반짝이는 바다에서 요트를 탄다.

장작을 피워 군고구마를 구워 먹는다.

상처를 벗고 사랑을 입는다.

해물사과낙지불고기덮밥

해물덮밥은

왠지 재료가 부족한 것처럼 느껴져

다른 재료들이 들어갔으면 하는 생각이 든다.

해물사과덮밥은

해물덮밥에 사과가 생겨서

괜찮을 것 같지만 재료가 조금 부족하게 느껴진다.

해물사과낙지덮밥은

해물사과덮밥에 낙지가 생겨서

괜찮을 것 같지만 무언가 허전해서

불고기가 들어갔으면 하는 생각이 들었다.

그래서 해물사과낙지불고기덮밥이 있었다.

종이 한 장 차이

종이 한 장 차이로
대학에 떨어졌습니다.

종이 한 장 차이로
회사에 입사했습니다.

종이 한 장 차이로
과장으로 승진했습니다.

종이 한 장 차이로
회사를 퇴직했습니다.

종이 한 장 차이로
사랑에 빠졌습니다.

온천수

온천수는 뜨겁지 않습니다. 따뜻합니다.

온천수는 흐리지 않습니다. 맑습니다.

그리고 온천수는 뿌옇지 않습니다. 투명합니다.

온천수는 자극적이지 않습니다. 부드럽습니다.

그리고 온천수는 거칠지 않습니다. 매끈합니다.

무언가를 함에 있어 중요한 건 무엇일까

사랑을 함에 있어 필요한 건 센스?

작업을 함에 있어 중요한 건 멘트?

음악을 함에 있어 중요한 건 멜로디?

드라마를 만드는데 있어 중요한 건 반전?

농사를 지음에 있어 중요한 건 이모작?

운동을 함에 있어 필요한 건 체력?

이들을 함에 있어 중요한 건 무엇일까

part 3

저 산을 넘으면
섬진강이 있을 것이다

그대가 있기에
이 세상이 너무나 아름답습니다

들판의 꽃들이 활짝 웃습니다.

꿀벌은 튤립의 꿀과 꽃가루를 모읍니다.

사마귀와 메뚜기는 열심히 체력단련을 합니다.

동물원의 기린은 아카시아를 먹고 있습니다.

공장의 소음은 그대를 목 놓아 부릅니다.

호숫가의 오리는 아등바등 헤엄을 칩니다.

햇살에 비친 강은 눈이 부시고 찬란하게 빛납니다.

우린 언제나 함께 하기에
서로를 그리워할 수도 있습니다

서로의 가슴은 서로를
그리워할 수도 있습니다.

500원짜리 동전의 앞면과 뒷면도 서로를
그리워할 수도 있습니다.

두루미와 거북이는 서로를
그리워할 수도 있습니다.

지리산과 섬진강도 서로를
그리워할 수도 있습니다.

태평양바다와 아시아대륙은 서로를
그리워할 수도 있습니다.

가랑비와 봄 햇살도 서로를

그리워할 수도 있습니다.

우린 언제나

함께 하기에 서로를

그리워할 수도 있습니다.

그대의 사랑이 나의 가슴에 전해질 때

그대의 미소가 나의 가슴에 전해질 때엔
나의 가슴엔 기쁨과 미소가 가득합니다.

그대의 사랑이 나의 가슴에 전해질 때엔
나의 가슴엔 사랑과 기쁨이 가득합니다.

그대의 행복이 나의 가슴에 전해질 때엔
나의 가슴엔 행복과 미소가 가득합니다.

그대의 축복이 나의 가슴에 전해질 때엔
나의 가슴엔 미소와 축복이 가득합니다.

그대의 환호가 나의 가슴에 전해질 때엔
나의 가슴엔 기쁨과 환호가 가득합니다.

자연학교

봄이 오면 산에는 반달가슴곰이 깨어나 활동한다.

그리고 길에는 벚꽃이 활짝 펴 연분홍빛으로 물든다.

바람이 불면 철새들이 먹이를 찾아 날아다닌다.

초원에는 배부른 사자가 낮잠을 잔다.

갯벌에는 농게와 밤게들이 논다.

가을이 오면 들에는 분홍빛 코스모스가 활짝 핀다.

정글의 코끼리들은 모여서 풀과 나뭇잎을 뜯어먹는다.

사막에는 낙타들이 저벅저벅 걸어 다닌다.

이 세상은 자연학교가 아닐까.

점점

그대가…

그이가…

자기가…

당신이…

너가…

니가…

지가…

사랑, 그것이 문제이다

밤바다는 항상 출렁거렸다.

사막은 힘겹게 오아시스를 찾았다.

빙하는 덩실덩실 춤을 췄다.

그대를 위해서라면

그대를 위해서라면
하늘의 별을 따다 줄 수 있습니다.

그대를 위해서라면
스카이다이빙을 할 수 있습니다.

그대를 위해서라면
마라톤을 완주할 수 있습니다.

그대를 위해서라면
설악산을 등반할 수 있습니다.

그대를 위해서라면
부대찌개를 요리해 줄 수 있습니다.

바람 부는 날에는
그대와 함께 사랑을 속삭이고 싶다

바람 부는 날에는 언덕에 올라
그대와 함께 미소를 머금고 싶다.

바닷물이 햇볕에 반짝이는 바닷가에서
그대와 함께 해변을 걷고 싶다.

쌀쌀한 가을날에 떨어지는 낙엽을 맞으며
그대와 함께 거리를 사뿐히 걷고 싶다.

머얼리 초가지붕과 장독대에 소복이 눈이 쌓인 산사
에서 그대와 함께 마음을 나누고 싶다.

주룩주룩 비가 오는 날에는 우중충한 주막집에서
그대와 함께 파전에 막걸리를 걸치고 싶다.

그림 속으로의 여행

한 남자가

1번 그림 속으로 여행을 하였다.

1번 그림 속에선 버드나무가 늘어진 오솔길을 걸어갔다.

걸어가다 보니 한 여자가

강아지 한 마리를 데리고 나타났다.

그 둘은 강아지와 함께 벤치에 앉아 이야기를 나누었다.

그렇게 그는 여행을 하고 난 후에

2번 그림 속으로 여행을 하였다.

2번 그림 속에선 나룻배를 타고 강물을 따라갔다.

자욱하게 안개가 낀 강물을 따라가니

멀리서 오리들이 헤엄치고 있었다.

안개를 헤치고 오리들 가까이 다가가니

오리들이 훨훨 날아갔다.

그렇게 그는 여행을 하고 난 후에

3번 그림 속으로 여행을 하였다.

3번 그림 속에선 배낭을 메고 등산을 하였다.

거친 숨을 몰아쉬며 산에 오르던 그는 산 중턱에서
시원한 물을 마셨다.

잠시 후 산 정상에 오르자 많은 사람이 모여 있어서
사람들과 악수를 하며 반갑게 인사를 나눴다.

그렇게 그는 그림 속으로의 여행을 마쳤다.

사랑을 위해서 달린다

자전거가 달리는 것도

오토바이가 달리는 것도

자동차가 달리는 것도

트럭이 달리는 것도

기차가 달리는 것도

비행기가 나는 것도

사랑을 위해서 달린다.

분홍이 된 보라

쟁반에 소금이 조금 놓여 있었다.

옆에 있는 보라색 물감을 소금에 칠했다.

보랏빛깔이 된 소금 위에 새로운 소금을 조금씩 올렸다.

색깔이 안보이게 소금을 덮은 다음 다시 소금을 파헤쳤다.

조금씩 소금을 파헤치자 분홍색 소금이 나왔다.

행복한 나뭇잎

나뭇잎이 자라기 전에 나뭇가지가 있었다.

나뭇가지가 자라기 전에 뿌리가 있었다.

뿌리가 자라기 전에 씨앗이 있었다.

그리하여 씨앗 하나가 흙 속에 자리 잡았다.

씨앗은 가끔씩 비가 오면 빗물을 빨아먹고,

해가 뜨면 햇볕을 쬐면서 조금씩 나무로 자랐다.

시간이 지나자 나무 몸통과 나뭇가지, 나뭇잎이

생기면서 완연한 나무의 모습으로 변했다.

나무는 나뭇가지가 자라고, 나뭇잎이 생겨서

한때엔 열매를 맺곤 하였다.

하지만 열매는 오래 가지 못하고 수확되었다.

그렇게 씨앗은 나무로 자라 마침내 나뭇잎이

탄생하였다.

나뭇잎은 비가 오면 빗물과 함께 지냈고,

눈이 오면 눈과 함께 지냈다.

그리고 해가 뜨면 햇살과 함께 지내곤 했다.

그러다 바람이 불면 떨어지는 나뭇잎도 더러 있었다.

때로는 바람과 함께 춤을 췄고,

때로는 태양과 함께 춤을 췄고,

때로는 달과 함께 춤을 췄다.

바람과 함께 즐겁게 지냈던 나뭇잎.

떨어질 땐 행복했다고 한다.

이유

언어가 다른 이유는
모두가 다른 별에서 왔기 때문에

석류나무가 자라는 이유는
흙의 소중함을 알기 위해서

천문학이 발전한 이유는
자연을 배우기 위해서

상처를 받는 이유는
사랑을 받기 위해서

루비가 아름다운 이유는
조약돌이 있기 때문에

生氣는

허물
벽
장애를
넘어섰고,

그리움
외로움
쓸쓸함을
끌어냈고,

고요함
고독함
적막함을
드러냈다.

저 산을 넘으면 섬진강이 있을 것이다

가령, 저 산을 넘으면 한강이 있을 것이다.

하물며, 저 산을 넘으면 금강이 있을 것이다.

설령, 저 산을 넘으면 섬진강이 있을 것이다.

여하튼, 저 산을 넘으면 영산강이 있을 것이다.

설사, 저 산을 넘으면 낙동강이 있을 것이다.

비로소, 저 산을 넘으면 동강이 있을 것이다.

그곳에 가면 사랑이 있다

황토색 나무들이 어우러진 정자아래
과수원이 자리 잡고 있는 곳.

연둣빛 녹차 밭이
파도처럼 기다랗게 펼쳐져 있는 곳.

푸른색 바다에 흰색 파도가 치고,
회색 갈매기가 노는 곳.

하얀 설원이 광활하게 펼쳐진 곳.

한적한 산사에
강아지와 수탉이 뛰어 노는 곳.

그곳에 가면 사랑이 있다.

신의 세계

지상 세계에서 바다를 좋아한다면,
신의 세계에서도 바다를 좋아할 것이다.

지상 세계에서 산을 좋아한다면,
신의 세계에서도 산을 좋아할 것이다.

지상 세계에서 비를 좋아한다면,
신의 세계에서도 비를 좋아할 것이다.

지상 세계에서 영화를 좋아한다면,
신의 세계에서도 영화를 좋아할 것이다.

지상 세계에서 축제를 좋아한다면,
신의 세계에서도 축제를 좋아할 것이다.

지상 세계에서 운동을 좋아한다면,
신의 세계에서도 운동을 좋아할 것이다.

하지만, 지상 세계에서 사막을 싫어한다면,
신의 세계에서도 사막을 싫어할 것이다.

그리고 지상 세계에서 열대 우림을 싫어한다면,
신의 세계에서도 열대 우림을 싫어할 것이다.

그리고 지상 세계에서 빙하를 싫어한다면,
신의 세계에서도 빙하를 싫어할 것이다.